막동리 소묘

이 도서의 국립중앙도서관 출판예정도서목록(CIP)은 서지정보유통지원시스템 홈페이지(http://seoji.nl.go.kr)와 국가자료종합목록 구축시스템(http://kolis-net.nl.go.kr)에서 이용하실 수 있습니다.

(CIP제어번호 : CIP2019033596)

J.H CLASSIC 037

막동리 소묘

나태주 시집

지혜

시인의 말

시집 『막동리 소묘』는 1980년도에 일지사에서 나온 시집입니다. 실은 그 전해인 1979년도에 흙의 문학상 본상을 받은 작품을 모은 시집입니다. 흙의 문학상은 물론 오늘날 없어진 상인데 외람되게도 내가 최초로 본상을 받은 바 있습니다.

이때 심사위원 가운데 한 분이셨던 정한모 선생께서 일지사의 김성재 사장을 소개해주시어 시집이 나오게 되었습니다. 과분하게도 장정이 화려한 시집이었고 또 그 시집은 시골의 무명시인인 나를 세상에 알려주는 고마운 역할을 해주었습니다.

무슨 고집이었을까요. 4행시입니다. 네 줄로만 이루어진 시들이 모여 시집입니다. 예전부터 4행시의 전통은 우리나라에 있었습니다. 김소월, 김영랑 선생의 시에 자주 나타나고 근년엔 박희진, 강우식 시인 등의 시집에서 자주 보이는 시 형식입니다. 그것을 본떠서 시를 쓴 것입니다.

여기엔 나름 사연이 조금 있습니다. 1975년이라고 기억되는 어느 날, 강원도 속초의 이성선 시인을 찾은 일이 있었습니다. 이성선 시인은 자기 고향의 자연에 안겨 호흡이 길고도 맑은 시를 쓰고 있었습니다. 명상시였습니다. 위대한 자연에 위대한 시를 꿈꾸는 젊은 시인이 부러웠습니다.

그러면 나는? 그렇게 하여 나는, 나의 고향과 유년과 나름대로 자서전적 요인 가운데서 최대한 시를 끌어모아 「막동리 소묘」를 이룬 것입니다. 그렇다면 속초의 이성선 시인이 나에게 좋은 자극을 많이 준

셈이지요. 이렇게 젊은 시절엔 또래 시인들이 중요합니다. 하나의 축복이지요.

그런 뒤로 5년 정도 집중적으로 시를 썼습니다. 4행시를 고집했습니다. 이렇게 해서 나온 것이 「막동리 소묘」 185편입니다. 이 작품을 당시, 한국문예진흥원에서 모집하는 흙의 문학상에 응모하였는데 운좋게 당선되어 상을 받았던 것입니다. 비로소 내가 시인이라는 것을 스스로 인식하면서 자존감을 갖게 한 작품이지요. 기념비적인 작품입니다.

이 시집을 낼 때 정한모 선생과 함께 내 시의 적극적 지지자였던 전봉건 선생이 기억납니다. 많은 은혜를 입었는데 그분 또한 지금은 세상에 계시지 않는 분입니다. 2020년이면 이 시집이 세상에 나온 지 40년이 되는 해입니다. 또한 내가 시인으로 활동을 시작한 지 50년이 되는 해이기도 합니다.

그런 핑계로 다시금 책을 냅니다. 해설이나 평설을 넣지 않고 작품만을 넣었습니다. 그 대신 2부로 「별곡집」을 실었습니다. 이 작품 또 4행시인데 「막동리 소묘」를 쓰고 난 뒤, 자연스럽게 흘러나온 작품을 받은 것입니다. 말하자면 울음이 끝난 다음에 오는 흐느낌 같은 작품이라 하겠습니다.

세월은 흐르고 작품만 남았습니다. 사람은 늙고 병들었는데 작품은 여전히 젊고 건강하니 다행입니다. 이들 작품의 등을 다시금 밉니다. 멀리 떠나라. 떠나서 돌아오지 말고 가능한 한 그곳 사람들과 어울려 살며 그곳 사람들의 꽃이 되라. 젊은 날의 시가 있어서 참으로 다행입니다.

2019년 여름

나태주 씁니다

차례

시인의 말 ———————————————— 4

1부 막동리 소묘 ———————————————— 8

2부 별곡집 ———————————————— 72

1부

막동리 소묘

1

아스라이 청보리 푸른 숨소리 스민 청자의 하늘,

눈물 고인 눈으로 바라보지 마셔요.

눈물 고인 눈으로 바라보지 마셔요.

보리밭 이랑 이랑마다 솟는 종다리.

(1975. 2. 25)

2

얼굴 붉힌 비둘기 발목같이 발목같이

하늘로 뽑아 올린 복숭아나무 새순들.

하늘로 팔을 벌린 봄 과원의 말씀들.

그같이 잠든 여자, 고운 눈썹 잠든 여자.

(1975. 2. 25)

3

내버려 두라, 햇볕 드는 대로 바람 부는 대로

때가 되면 사과나무에 사과꽃 피고

누이의 앵두나무에 누이의 앵두가 익듯

네 가슴의 포도는 단물이 들 대로 들을 것이다.

(1975. 2. 25)

4

모음으로 짜개지는 옥빛 하늘의 틈서리로

우우우우, 사랑의 내력來歷 보 터져오는 솔바람 소리.

제가 지껄인 소리 제가 들으려고

오오오오, 입을 벌리는 실개천 개울물 소리.

(1975. 2. 25)

5

겨우내 비워둔 나의 술잔에

밤새워 조곤조곤 봄비 속살거리고

사운사운 살을 씻는 댓잎의 노래,

비워도 비워도 넘치네. 자꾸 술이 넘치네.

(1975. 2. 25)

6

물안개에 슬리는 차운 산허리

뻐꾸기 울음 소리 감돌아 가고

가난하고 가난하고 또 가난하여라,

아침마다 골짝 물소리에 씻는 나의 귀.

(1974. 10. 17)

7

감나무 나무 속잎 나고

버드나무 실가지에 연둣빛 칠해지는 거,

아, 물찬 포강배미 햇살이 허물 벗는 거,

보리밭에 바람이 맨살로 드러눕는 거.

(1975. 4. 13)

8

그 계집애, 가물가물 아지랑이 허리를 가진.

눈썹이 포로소롬 풋보리 같은.

그 계집애, 새봄맞이 비를 맞은 마늘촉 같은.

안개 지핀 대숲에 달덩이 같은.

(1975. 3. 6)

9

유채꽃밭 노오란 꽃 핀 것만 봐도 눈물 고였다.

너무나 순정적인 너무나 맹목적인

아, 열여섯 살짜리 달빛의 이슬의

안쓰러운 발목이여. 모가지여. 가슴이여.

(1975. 6)

10

덤으로 사는 목숨 그림자로 앉아서

반야심경을 펴 든 날 맑게 눈튼 날

수풀 속을 헤쳐온 바람이 책장을 넘겨 주데.

꾀꼬리 울음 소리가 대신해서 경을 읽데.

(1978. 6. 15)

11

산 너머 푸른 산 잇대어서 출렁여 오고

산에는 푸른 나무며 풀꽃들 어우러져 피어 있기에

내 마음 나래 달고 하늘 위에 흰구름 되어 뜨다.

푸른 강심江心에 발을 묻고 울고 싶은 흰구름 되어 뜨다.

(1977. 5. 29)

12

감나무 가지 끝에 초록 별님 매달러

개나리 울타리 가에 노랑 등불 내걸러

사뿐사뿐 까치발로 몰래 왔다 몰래 간다,

봄비는 산짐승처럼. 밤고양이처럼.

(1977. 3. 2)

13

민물고기도 약이 차면 맛이 있었다.

버들붕어 비단 지느러미에 풀꽃 무늬 자세 보면

연한 쑥물 빛 물이 들어 있었다.

보리는 풋보리 가는 모가지 바람에 가슬가슬.

(1977. 5. 29)

14

비가 오면 산의 눈썹도 파르라니 젖어서

비가 오면 산의 가슴도 들먹숨을 쉬어서

파아란 새싹은 돋는다, 그대 눈물자죽.

진보랏빛 제비꽃은 무더기로 피어난다, 그대 발자죽.

(1977. 4. 27)

15

탱자꽃 탱자꽃 하얀 탱자꽃

그대 웃는 입매무새 눈매무새 들어 있는 꽃.

웃을까 말까 웃을까 말까 전생에

날 사랑하옵신 그 사람 웃는 눈매 들어 있는 꽃.

(1977. 4. 28)

16

놀부 마누라 흥부 뺨 때리던 밥주걱

한 알의 밥알이라도 더 묻기를 바라던

빈자소인貧者小人 흥부의 밥주걱

밥도장 찍네, 첫돌맞이 우리 아기 두 뺨 위에.

(1978)

17

보리밭에 바람이 실리면 보리밭은 파도,

소금 냄새는 없어도 보리밭은 저 혼자 바다 파도,

보리밭 사잇길로 춤추며 달려오는 여자, 복숭아빛 무르팍.

아…… 구름의 면사포는 뉘에게 주나!

(1974. 5. 4)

18

베갯모에 수놓인 두 마리의 두루미같이.

댓돌 위에 벗어논 두 켤레의 비단신같이.

사랑이여, 길고 짧은 두 매듭의 옷고름같이.

수줍음이여, 이슬길 풀섶에 숨어 피는 풀꽃과 같이.

(1978. 10. 21)

19
문둥이 울음 울 때 진달래 피고
파밭에 이내 낄 때 뱅어회를 먹었다.
지집 죽구 자식 죽구 오두막집에
혼자 남아 울고 있던 꾹꾸기 영감.

(1977. 12. 15)

20
소쩍새 '소쩍다 소쩍다' 울면 풍년이 들고
소쩍새 '소탱 소탱' 하고 울면 흉년이 든다고
자장가 삼아 나를 안고 말해 주시던 외할머니
다음 세상 소쩍새 되어 야삼경 밝히시려나.

(1978. 1. 28)

21
해묵은 슬픔에도 새살이 돋고
자르르 외로움에도 윤기가 도는 봄날에
깊은 산 속 아그배꽃 숨어서 핀다.
긴긴 날을 아그배꽃 발 묶여 운다.

(1978. 5)

22

골담초나무 덤불 아래 깨어진 상사발 무덤.

시나대나무 울타리 뽀로수나무 울타리.

풀섶에 이름 잊은 계집애들 혼백인 양

오오, 진보랏빛 보리밥풀꽃. 배암딸기꽃.

(1978. 4. 30)

23

뻐꾸기 한 울음에 더욱 푸르러지는 산,

뻐꾸기 또 한 울음에 또 한번 깊어지는 산,

뻗어가는 댕댕이 멍가*넝쿨 와르르

산은 무너져서 품 속으로 핏줄 속으로 달겨든다.

* 멍가 : 청미래, 명감나무.

(1978. 5. 15)

24

그전에 그전에 내가 좋아했던 그 계집애

오월이라 맑으신 날 나의 뜨락에

주근깨와 기미까지 핼쓱한 얼굴의 참나리 되어

향기와 때깔만은 옛대로 돌아왔습네.

(1974. 2. 22)

25

보리 피는 아침, 꾀꼬리 우는 아침,
횟술 먹고 깨어서 구역질한다.
구역질 한번에 한 이랑씩 토해 놓는 쓰거운 보리밭
종달새여, 나의 보리밭 위엔 뜨지를 말라.

(1978. 5)

26

능구렁이 허물 벗는 흥부네 집 탱자울
제비가 알 낳을 때 제비콩이 열렸다.
밥주걱만한 콩꼬투리, 애기 팔뚝만한 콩꼬투리,
새끼제비 날을 때 제비콩이 익었다.

(1977. 11. 1)

27

자운영 꽃밭을 뒹굴고 온 바람
궁뎅이에 꽃물이 들었다, 저녁때.
보리밭에 엎드렸다 오는 바람
젖가슴에 풀물이 들었다, 저녁때.

(1980. 5. 4)

16

28
못자리판 물낯 위에 조각 하늘
바람도 없는데 왜 흔들릴까?
물꼬 가에 살포 짚고 섰는 해오라기
제비 나래 스쳐설까? 까치 울음 번져설까?

(1980. 5. 4)

29
검정 통고무신 신고 맨발로
학교 갔다 오다가 산길에 섰는 아이
땀에 젖은 발가락 황토 묻은 발바닥
뻐꾸기 울음 소리 이 빠진 물소리가 밟힌다.

(1980. 5. 4)

30
외갓집 추녀 끝 닭똥 구린내여,
수채 구녁 가득히 흘러가는 지렁이 울음 소리여,
달빛도 따라서 울고 있었지.
오막살이도 따라서 흘러가고 있었지.

(1977. 5. 29)

31

자수정 목걸이 줄줄이 늘인 등나무 아래

구름은 첫애기 어르는 젊은 어머닌 양 하고

바람은 혼기婚期 맞아 살가운 누인 양 하여

아, 살아 있는 목숨이 이토록 향기로울 줄이야…….

(1979. 5)

32

정이나 답답하면 술 먹고 논두렁 길에 나가

개구리 청중 삼아 노래 부른다.

내가 노래하다 지치면 개구리가 따라서 하고

개구리가 지치면 내가 따라서 하고.

(1979. 5)

33

뻐꾸기 울음은 보랏빛, 꾀꼬리 울음은 황금빛,

기인 날을 툇마루 끝에 생각도 없이.

뻐꾸기 울음은 오동꽃빛, 꾀꼬리 울음은 작약꽃빛,

박우물 가에 고이는 햇살을 바라보면서.

(1979. 5)

34

떡애기 때부터 송아지 울음 소리 들으며

잠들어 봤던 사람에게만 정말 소는 소이고

송아지 고삐를 끌고 풀밭을 신나게

달려 봤던 사람에게만 풀밭은 정말 풀밭이다.

(1977. 5. 29)

35

오동꽃 보랏빛 떠는 꽃초롱 속에는

아침 일찍 달각달각 나막신 신고

물을 긷던 그대 신발 끄는 소리 들어 있구요,

잘람잘람 물동이로 빠져들던 뻐꾸기 소리 들어 있어요.

(1977. 5. 16)

36

처녀야 너 죽걸랑 반딧불이나 되거라 여름밤.

나 죽걸랑 천하의 박색 호박꽃이나 되마.

들축나무 흙담 마을 맨발 벗은 아이들

꽃초롱 꽃초롱 호박꽃초롱 만들며 놀게.

(1977. 11. 14)

37

기러기래도 소금물에 발가락을 씻은 기러기
배고파서 끼룩끼룩 식솔들 거느리고 이사 가는
벼슬만 새빨갛게 호품스런 수놈 기러기,
가문 하늘 달빛도 불그스럼 녹물 들었다.

(1977. 8. 5)

38

안개 속을 걸으니 속눈썹이 젖으오.
마악 선잠 깨어 눈 비비는 대숲은 새들의 저자요.
새소리는 시끄러울수록 고요함을 더하고
댓잎에 바람 소리 작을수록 마음을 꼬이니 거참 별스럽소.

(1977. 10. 22)

39

언덕 위에 보리밭, 휘파람 불다.
언덕 위에 뾰족집, 구름 멈춰 섰다.
구름에 그려보는 네 눈, 코, 귀, 입.
귀가 작아서 앙증스럽던 얼굴.

(1977. 12. 15)

40

초벌매기 논배미에 어스름이 깔리면

사위가 왔다고 뜸부기 과수댁 수제비 뜬다.

뜸, 뜸, 수제비는 무슨 수제비 칼뚝데비

매운 보리짚불 연기 눈물 흘리며 수제비 뜬다.

(1978. 1. 23)

41

할머니가 뒷문 밖에 심으신 호박순 자라

수꽃만 내리 피워내 쓸모없다 구박했더니

소나기 호박잎에 말 달리는 소리 듣기 좋구나.

여치란 놈이 거기 살며 베를 짜니 더욱 좋구나.

(1978. 8. 19)

42

땡볕에 사위고 소낙비에 찢겨서

하지쯤이면 잡풀이 되어가는 팬지,

한때 내 가슴 울렁이게 하였던 사람의 이름.

나도 네 옆에서 빛 잃어가는 떨기별 된다.

(1978)

43

그 처녀 어여쁘다 마을 어귀 샘터에 나와

허벅지까지 걷어붙이고 빨래를 하네.

눈물이 핑 돌 것 같은 찬물 한 바가지

떠서 주오, 내사 매양 목이 타는 사람.

(1978. 8. 4)

44

동무 찾아다니며 팔던 일 년치의 살더위

내 더위 네 더위 대답하면 안 된다 오늘만은 안 된다

마당 가에 두엄 자리 맨드라미 닭벼슬.

장광 옆에 봉숭아꽃 붉게 타던 누나 얼굴.

(1978. 6)

45

저 처자 모시적삼 안섶 안에 딸기빛 꽃물

저 처자 무명약지 반달손톱에 노을빛 꽃물

이슬이 스밀라 바람이 넘볼라

저 처자 모시적삼 안섶 안에 반달손톱에.

(1977)

46
꾀꼬리는 살아서도 이쁜 시악시
꾀꼬리는 죽어서도 이쁜 시악시
'고추밭에 조도령 머리 곱게 빗은 조도령'
도령을 못 잊어 한나절 길게 운다 그립디다.

(1978. 1. 23)

47
볼 일 다 마쳤느냐고 서울 사람이 묻는 걸
보리 타작 다 했느냐고 묻는 줄 잘못 알고
그런 건 이미 오래 전에 해치웠노라 대답했다.
나는 귀까지 촌놈인가, 혼자 웃고 말았다.

(1978. 1. 24)

48
수밀도水蜜桃, 그대를 벗기려다 그만
두 손이 함빡 젖었습네다.
열일곱 계집애 속살이 부끄러운 줄도 모르고,
입술이 함초롬 가슴이 함초롬.

(1977. 7. 13)

49

비는 눈이 향맑은 가시내.

비는 숨결이 향그런 가시내.

덤불난초 어지럽게 어우러진 밤,

내 팔에 안겨 흐드흐득 잠결에도 울던 사람아.

(1978. 6. 10)

50

누이야, 마른 하늘 번개에도 파르르 입술 떠는.

누이야, 마른 하늘 천둥에도 지징징 귀가 우는.

일년초가 아니랴, 여름 한철 달개비꽃.

우리 또한 샘발치길에 눈물 머금은.

(1977. 11. 2)

51

장마철을 처마밑 제비와 함께

오순도순 새끼 친 제비 내외 옥조록 박조록

흥부네 집 박씨 얘기 놀부네 집 박씨 얘기

연한 호박잎새 뜯어넣은 손수제비로 끼니를 때우고.

(1976. 10)

52

남풍이 불어 석류꽃 피니

석류꽃 속에 애기 부처님

발가벗고 노시는 애기 부처님

울음인 듯 울음인 듯 웃고 계시네, 실눈을 뜨고.

(1978. 6. 9)

53

늦비 와 어제 깐 것들까지

쟁배기 피 말려 가지고 나와 엉배덕배

모를 심는 천수답天水畓 삿갓배미 진흙가랑.

제비도 거드네, 흙 물어다 집을 짓는 암수 제비.

(1978. 6. 13)

54

외진 숲길을 가다가 도회지 여자

엉뎅이 까뭉개고 급한 일 보는 거 숨어서 본다.

수세식 변소만 타고 있었을 저 허연 살덩이

싸리꽃 내음 스민 물소리에 씻기니 시원하겠다.

(1978. 7. 20)

55

내 실수를 곱게 보아 주던 눈길은 물러가고
내가 대신 남의 실수를 눈감아 보아 줄 나이가 되었으니
내 여린 어깨살을 파고드는 아픈 신록의 무게여.
타박하여 함부로 물릴 수도 없는 목숨의 짐이여.

(1978. 6. 18)

56

땅거미 지는 나무 아래 책을 읽고 있노라면
일각 일각 달겨들어 글자를 가리우는 어둠의 손길,
한 페이지를 남기고 책을 덮어야 하는 이 안타까움,
아뿔싸! 우리의 죽음 또한 이 같을 것을.

(1978. 7. 5)

57

선녀님이 옷을 벗고 목물을 한다, 쏴아쏴아.
소나기 그친 하늘에 선녀님의 날개옷이 걸렸다.
나무꾼이 옷을 훔친 선녀님만 지상에 남아
알몸으로 울고 있다, 오오 채송화 아씨.

(1977. 11. 2)

58

아들 하나 바라고 내리 딸만 다섯 뽑은 이모님,

두렁콩 심으러 재메꾸리 이어 두 놈, 연장 들려 두 놈에

콩 바가지 들려 갈 놈 없어 막내 딸년 찾으니

저것 없었으면 어쨌을꼬? 농담 끝에 눈물지시다.

(1978. 6. 13)

59

여름날 이른 아침 거닐어 보는 숲길에는

후덥지근한 나무들의 몸비린내 쓰거운 풀비린내.

아, 저들도 지난 밤 잠을 설쳤나 보구나.

힘겨운 오늘 하루 등짐 장수 떠나나 보구나.

(1978. 7. 1)

60

가랑비 가랑비 섶울타리 밑에 가랑비

가랑비 가랑비 모시적삼 위에 가랑비

각시풀 고운 머리올이 젖을동 말동.

누나 둥근 어깨쫌이 보일동 말동.

(1978. 8. 17)

61

향내난다 향내난다 선녀님의 옷에서는
하늘 나라 사슴 내음 하늘 나라 복사 내음.
땀내난다 땀내난다 나무꾼의 몸에서는
금강산의 송진 내음 금강산의 짐승 내음.

(1977. 12. 5)

62

베잠뱅이 베잠뱅이 우리 아제* 베잠뱅이
오뉴월에 쇠궁뎅이 진흙 묻은 쇠궁뎅이.
베잠뱅이 베잠뱅이 우리 성아* 베잠뱅이
육칠월에 말궁뎅이 비에 젖은 말궁뎅이.

* 아제 : 아저씨. * 성아 : 형.

(1977. 11. 18)

63

빗방울 후둑이는 너른 파초 잎을 보노라면
나는 너무 욕심 사납게 살았구나.
아무래도 나는 진짜 나의 껍데기가 아닐까?
비에 젖어 오히려 싱싱한 파초 잎새가 부럽다.

(1979)

28

64

비에 젖은 풀잎을 밟고 오시는 당신의 맨발
빗소리와 빗소리 사이를 빠져나가는 당신의 나신裸身
종아리에 핏빛 여린 생채기 진다.
가슴팍에 예쁜 핏빛 무늬가 선다.

(1978. 7. 17)

65

말복이 내일 모레 황소 잔등을 식히려고
오는 비 소발짝비, 성큼성큼 마당을 질러간다,
오동나무 너른 잎을 흔들고.
옥수수 붉은 수염을 적시고.

(1979)

66

까닭 없이 심통나 아버지한테 매 맞고
훌쩍이며 얼굴 묻던 어머니의 따스한 등이여.
오늘 내 아이놈 난생 처음 종아리 치고
저의 모母 등에 업혀 훌쩍이는 것을 보고.

(1979)

67

연못에 비 온다 토란밭에 비 온다.

연잎을 따서 우산을 쓰고 아가야,

토란잎을 따서 일산日傘을 받고 아가야,

이모집에 가자 고모집에 가자.

(1979)

68

개울을 건너는데 달이 따라 왔다.

징검다리 하나에 달이 하나,

징검다리 둘에 달이 또 하나,

근심스런 네 얼굴이 억지론 듯 웃고 있었다.

(1979. 12. 9)

69

바람에 쓸리는 버들과 떡갈잎을 본다.

버들과 떡갈잎은 사실 까딱도 않는 건데

내 마음만 바람 따라 쓸리고 있다면 어쩌리오……

마음만 안달복달 나부끼고 있다면 어쩌리오…….

(1979)

70

아무리 하찮은 것이라도 내 편에서 먼저
마음을 열지 않으면 저들도 마음을 열지 않는다.
소중한 것을 저들에게 주었을 때에만 비로소
저들도 나에게 소중한 것을 조금씩 나누어 준다.

(1979)

71

바람 한 줌 모래 한 줌 만으로도 하루를
아이들은 심심치 않게 놀며 보낸다.
하느님이 주신 대로 저 벌거숭이 나무와 바람과 흰구름,
생각키 따라서는 이 세상이 그대로 천국인 것을……

(1979)

72

뚫린 길이면 세상 끝까지 가자는 아이놈
저무는 산책길에서 돌아갈 줄 모르는 세 살배기
녀석은 모든 길이 끝없이 이어진 줄로만 아는 모양이지?
그래, 길은 끊긴 듯 이어진다는 걸 내 잠시 잊었구나.

(1979)

73

아무리 못생기고 미련퉁이인 아이들이라도
저희 부모네에겐 귀엽고 사랑스럽다는 사실,
우리네 인생은 덤으로 에누리로도 어쩔 수 없다는 사실,
그런 하찮은 것들이 때로 나를 머리 숙이게 한다.

(1979)

74

길 가다 대숲에 쏟아지는 햇살 소나기를 보고서도
문득 멈춰 눈물 글썽여지는 아, 그 어리석음.
헌칠한 해바라기나 목련이 되지 못하고
겨우 땅기운에 꽃을 피운 봉숭아여. 봉숭아여.

(1979)

75

가난한 자에게는 끝없는 해방과 평안을.
넉넉한 자에게는 담을 쌓고서도 잠 못 드는 불면을.
일인에게 이인 분의 행복을 주시지 않는 하느님,
공평하신지고 만세 만세 하느님.

(1979)

76

사람이 사람을 생각하는 마음이 하늘에 닿으면
비가 오고 꽃이 피고 잎은 푸를 거라고
산사의 종이 울면 막힌 길은 트일 거라고
밤이 이슥한데도 나는 잠을 이룰 수 없었다.

(1979)

77

뱀이 허물 벗듯 천천히 물러가는 여름의 꼬리에
익은 봉숭아씨를 터치며 다가붙는 가을 저녁,
누구에게든 반말지꺼리보다 경어를 쓰고 싶다.
마음이 외로울 때, 파스텔의 색감으로 흐려 있을 때.

(1978. 8. 20)

78

수줍어하는 누이야, 얼굴을 가리지 마라.
수줍음 또한 여자의 값비싼 장식이러니.
얼굴을 붉히는 누이야, 고개를 돌리지 마라.
네 얼굴 또한 세상의 고귀한 꽃이러니.

(1978. 8. 18)

79

이 깻잎을 따서는 된장에 박았다가
시집간 딸네 주고 객지 나가 사는 아들네 주고
하루 종일 들깻잎 따다가 허리 아프신 어머니,
누가 알아주니? 허옇게 나부끼는 삐비꽃* 머리.

* 삐비꽃 : 삘기꽃.

(1979)

80

한 아름 후회만을 안고 가리라,
한 광주리 매미 껍질만 주워 갖고 돌아가리라,
빛나는 무지개도 없이 여름을 보낸 소아마비 내 누이야
한 아름 피곤만을 안고 우리 다시 네게로 돌아가리라.

(1977. 10. 2)

81

등성이에 손짓하는 억새꽃들 허연 가을날은
술집 여자들 눈화장하며 담너머 부르는 소리조차 그윽해라.
이웃집 울안에 꽃다이 익어 휘늘어진 감알만 보아도
한 상 잘 차려 대접 받은 심사여라.

(1977. 10. 22)

82

겁먹은 물뱀이 숨어 살고 있는 그 둠벙,

소금쟁이 물방개 나무새우 숨어 살고 있는 그 둠벙,

긴긴 날을 개수련 혼자 놀다 심심해서

물매미 돌며 물매미 돌며 한숨짓는다.

(1977. 11. 3)

83

기우는 저녁답 성호聖號를 긋는 제비, 햇제비.

나는 무엇을 위해서 살아왔나?

되물어도 번번이 시원찮은 대답

잃어버린 생각, 잃어버린 사랑을 찾으려고.

(1979)

84

새 양복 지어 입으니 친구 생각난다.

친구와 마주 앉은 좋은 술자리 생각난다.

꽃 한 송이 사들고 잊혀진 여자나 만나러 갈까?

새 양복 지어 입어도 갈 곳 없으니 그 섭한 마음.

(1977. 11. 3)

85

이 좋은 날씨를 쌀뜨물처럼 물웅덩이처럼 멀겋게
기껏 뒷동산 상수리나무 밑에 찾아가 앉아
건너 마을의 우거진 그대 눈썹, 솔숲이나 건너다보며
오늘도 나는 아무 것도 건지지 못한 빈 낚시꾼.

(1978. 9. 24)

86

바람 되어 나를 만나러 머언 길 찾아왔다가
차마 잠든 나 깨우지 못해 창밖에서 서성이던 사람,
아침이면 발부리 붉힌 단풍나무 되어 우뚝 섰어라.
담장 밑을 구르는 낙엽 되어 발길에 채여라.

(1977. 10. 27)

87

매미는 한여름에 우는 것이 아니라
여름이 시작될 때 울고 여름이 끝날 때 우는 곌까?
손꼽아 기다리는 아이들의 추석 달을 배불려 놓고
끝물 참외 달고 부드러운 속살이 된 참매미 소리.

(1978. 8. 10)

88

쪽진 머리 가리맛길 초록의 눈썹 아래
촛불 접시에 받쳐든 작은 가슴의 도라지꽃,
이냥 살래 너랑. 너 하나만 믿고 바라고.
안심해도 좋은 니 요염을 보며.

(1979)

89

막소주라도 한 잔 처억 걸치고 나면
한오백년이나 어랑타령 같은 노래 듣고 싶어진다.
젊고 이쁜 여자가 아니라 얼금뱅이* 중년 여자
조금은 쉬고 갈라진 목소리로 듣고 싶어진다.

* 얼금뱅이 : 곰보, 마마자국.

(1977. 11. 3)

90

바작바작 밤나무 잎새 쌓인 언덕을 넘어
동글납작 보름달님 근친觀親을 온다.
웃으며 어색하게 웃으며 시집간 둘째 누이
연분홍 한복 치마꼬리 사리트려 입고서 온다.

(1972. 11. 14)

91

심어 가꾼 사람도 없이 자라 꽃을 피운
흙담 밑에 접시꽃, 일명 서울국화꽃.
공장데기 되어 식순이 되어 고향을 떠난
부칠례, 복딱새, 놈새, 섭섭이, 딸구만이.

(1980. 1. 24)

92

다듬이질 소리도 다듬이질 소리 나름이어서
부잣집 다듬이질 소리는 '다다곱게 다다곱게'로 들리고
우리같이 가난한 집 빨래는 기운 곳이 많아서
시큰둥한 '봉덕수께 봉덕수께'로 들린다던가!

(1978. 8. 6)

93

가진 것이 너무 많은 사람들아,
가진 것이 너무 많아 괴로운 사람들아,
나무가 꽃잎을 버리듯 잎새와 열매를 버리듯
부려라. 조금씩 그대 가진 짐을 부려라.

(1979. 12. 28)

94

세상 일에 적당히 귀 먹고 눈 멀어

구름이나 보며 낙엽 갈리는 소리나 들으며

마루 끝에서 조을다가 퍼뜩 눈을 떠 보니

나를 보고 웃고 있는 뜰앞의 칸나, 치정癡情의 입술.

(1979. 11. 9)

95

해 지고 발부리에 어둠 밀물 되어 찰랑댈 때까지

내 마음 앉힐 곳 몰라 하늘가를 서성인다.

스러져가는 흰구름 위에 내 마음 눕힐까?

이름 모를 산길 무덤의 찬 빗돌에 이마 부빈다.

(1978. 6. 3)

96

한 시간을 저자거리에 나가서 눈에 선 핏발,

바람 소리 물소리에 씻으려면 하루가 걸리고

하루를 저자거리에 나가서 거칠어진 숨결,

산의 숨소리에 맞춰 고르려면 한 달이 걸린다.

(1979. 11. 10)

97

말을 아껴야지, 눈물을 아껴야지,
참고 참으면 사람의 말에서도 향내가 나고
아끼고 아끼면 사람의 눈물도 포도알이 될 것이다.
혼자 속삭이는 말, 돌아서서 지우는 눈물.

(1979. 11. 9)

98

너를 무어라고 이름 지으면 좋을까?
꽃이라고 부르면 너는 벌써 꽃이 아니고
시라고 이름 지으면 너는 벌써 시가 아니어서
나는 끝끝내 네 이름을 짓지 못하고 산다.

(1979. 10. 23)

99

말하고 보면 벌써 변하고 마는 사람의 마음
말하지 않아도 네가 내 마음 알아 줄 때까지
내 마음이 저 나무 저 흰구름에 스밀 때까지
나는 아무래도 이렇게 서 있을 수밖엔 없다.

(1979)

100

멀리서 보니 푸른 산 그냥 숲이더니
가까이 가 보니 삽작문 열고 내 집이어라.
된서리 생강밭에 생강을 캐던 막내 누이
몸살 나서 앓아 누운 초가삼간 내 집이어라.

(1977. 11. 3)

101

'바르게 살리라' 옷깃을 여미는 나의 손을
바람이 붙잡는다, 도라지꽃도 진 언덕에.
'참하게 살리라' 머리칼 쓸어넘기는 나의 손을
바람이 스쳐간다, 나뭇잎 붉게 물든 산길에.

(1977. 10. 30)

102

뜨거운 말씀은 가슴에 묻어라, 가을 풀씨.
그립은 얘길랑 두었다 하자, 가을 풀열매.
마음에 새긴 말이라고 어찌 다 드릴까 보냐.
마음에 새긴 말이라고 어찌 다 드릴까 보냐.

(1977. 10. 21)

103

가난도 잘만 갈고 닦으면 보석이 된다.

하늘나라의 풀이파리, 기와집, 하늘나라의 솟을대문,

으리으리 얼비치는 보석이 된다.

누가 감히 우리의 빛나는 보석을 부끄럽다 이르겠는가!

(1977. 10. 30)

104

서리 아침 우물가 늙은 홰나무 가지 끝에

세라복의 까치가 와서 울 때

생각나는 사람 하나 있었다, 마드모아젤 리.

눈보라에 망가진 산천, 눈물에 흐려진 이마.

(1977. 10. 25)

105

내 집이 있는 곳은 불빛 흐린 곳,

어두운 밤길 더듬더듬 걸어서 시오 리.

그렇지만 별빛 더욱 환히 내려와 길을 비추고

너의 생각 더욱 차갑게 나의 가슴을 밝힌다.

(1979. 9)

106

죽을 주면 죽을 먹고 밥을 주면 밥을 먹는다.

시래기국에 콩자반도 분에 넘치는 성찬이라,

주는 대로 받고 달라는 대로 주겠다.

가난이란 잘 살고 싶어하는 사람들의 사치.

(1977. 11. 8)

107

찬바람 부니 칼날이 선다, 가슴속에.

찬비 맞으니 두 주먹 쥐어진다, 불끈.

힘 있게 살리라고 꼿꼿하게 살리라고

작년 이맘 때도 그랬다, 부질없는 다짐을.

(1978. 10. 27)

108

해 지자 더욱 시끄럽게 우짖는 대숲에 새소리.

가을 가자 태산목 너른 잎에 후둑이는 굵은 빗소리.

그 누굴 위해 나는 작은 별빛을 지킬 것인가,

묻지 말라 묻지 말라 빗소리가 내게 이르는 말.

(1977. 11. 8)

109

알면서도 모른 척, 보고서도 못 본 척,

토끼를 노리는 여우의 저 눈. 살쾡이의 저 눈빛.

꼭꼭 숨어라 토끼 꼬리는 너무나 작고

꼭꼭 숨어라 토끼 귀는 너무나 커서.

(1977. 11. 8)

110

시집 가 애 둘을 낳더니만 몹시 추워하는 옛날 여자

그녀를 만나고 돌아온 날 밤 꿈에 본 등나무

이왕 꼬이고 배틀릴 양이면 우리에게도 참말

소담스런 등꽃 타래미 열려 줄 날은 없는가.

(1977. 12. 19)

111

대숲에 비바람 설치나 보오,

누군가 대숲의 깊은 곳을 만지고 가는 기척.

뒷동산 솔숲에 휘파람 소리 나오,

누군가 찾아와 나 나오기를 기다리다 가는 기척.

(1978. 1. 25)

112

찬비 뿌린 들길에 혼자 오래 남겠네.

시든 풀잎 바람벌에 혼자 오래 서 있겠네.

두 눈에 눈물 고여 올 때까지, 들국화 함께.

눈물 속에 너의 얼굴 비칠 때까지, 별과 함께.

(1973. 11. 15)

113

선녀야 게 섰거라 말 물어보자.

흰구름의 가슴팍은 만년설의 소산악小山岳,

흰구름의 가랑이는 휘늘어진 산란초 잎새,

사스미* 향내 난다. 사스미 향내 난다.

* 사스미 : 사슴.

(1978. 1. 24)

114

겨울 태산목은 먼 남국에서 시집온 규수.

드러난 허벅지와 목덜미를 어쩌지 못해 한다.

찬비에 젖어 휘감기는 치맛자락을 어쩌지 못해 한다.

차라리 겨울 태산목은 안아 주고픈 아낙.

(1977. 11. 29)

115

세상을 너무 모른다 핀잔치 마오.

사람 한평생의 경영經營이 검불 한 바지게

허리 휘게 어깨 아프게 지고 있던 짐

부리고 말면 그뿐, 부리고 말면 그뿐.

(1978. 1. 24)

116

겨울 초입에 마늘촉을 텃밭에 심듯

내 가슴 흙을 후비고 너의 생각을 깊이 묻었다.

봄 되면 마늘촉 트듯 너의 생각에 새싹이 틀까?

추운 겨울을 그것만으로도 춥지 않게 살았다.

(1978. 1. 28)

117

솔바람 소리 듣고 싶거든 막동리로 오시오,

대숲바람 소리 듣고 싶거든 막동리로 오시오,

솔바람 소리 그 비릿한 목숨의 살향기.

대숲바람 소리 그 나긋나긋 뜨거워 오는 또 하나의 사랑.

(1978. 1. 29)

118
애들아 눈이 왔다 어서 나와 보아라,
까막까치 얼어 죽었다 어서 나와 주워라,
눈이 오긴 웬걸 까막까치 얼어 죽긴 웬걸
늦잠꾸러기 아이들 깨우시는 어머니의 거짓말이지.

(1979)

119
잠투정 할라치면 '복일랑은 석순이 복을
명일랑은 삼천갑자 동방석이* 명을'
나를 업고 외할머니는 자장가 불러 주셨는데
오늘은 내가 아들을 업고 그 노래를 외운다.

* 동방석이 : 동방삭이.

(1979)

120
강태공 샘에 무지개 뿌리 내린 걸
누군가 나무지게 지고 오던 길에 보았다는데
무지개 뿌리 내린 걸 정작 본 사람은 없어
우리도 뿌리 없는 꽃이나 피우다 가는지 몰라.

(1979)

121

꿩꿩 꿩서방 무얼 먹고 사아나?

아들 낳고 딸 낳고 무얼 먹고 사아나?

눈 온 날은 눈 먹고 바람 부는 날은 바람 마시고

배꼽이나 만지며 그럭저럭 사알지.

(1980. 1. 21)

122

눈도 소나무 위에 내리면 꽃이 되고

고샅길에 내리면 쓰레기가 된다.

꽃과 쓰레기를 함께 주시는 하느님,

우리에게도 좋은 것과 나쁜 것을 함께 주실 것이다.

(1980. 1. 21)

123

땜쟁이 땜쟁이 으덩박지* 땜쟁이

애비가 땜쟁이면 자식도 땜쟁인가,

뉘엿뉘엿 저물녘에 바가지 들고 나왔다.

바가지가 깨져서 죽을 어찌 담아 주나?

* 으덩박지 : 거지.

(1980. 1. 21)

124

세상에서 숨길 거두었어도 어디엔가
다람쥐 마을에라도 살아 있으려니 믿어지는 사람,
살아서보다 죽어서 더욱 만나고 싶어지는 사람,
나도 죽어 더욱 향기론 이름이 되고 싶다.

(1980)

125

눈 내린 날 나무들은 모두 하느님 나라의 가족이다.
나뭇가지 끝에서 가물가물 사라지는 하늘
나무 뿌리 끝에서 뿌듯이 안기는 흙의 속살
눈 내린 날 나무들은 모두 천사님의 옆모습이다.

(1978. 2. 3)

126

새끼 밴 염소가 추워서 우는 밤엔
알전등을 밝히고 성경책을 읽는다.
가난한 자는 복이 있나니, 꿈꾸는 자는 복이 있나니,
싸락싸락 싸락눈 내리는 소리에 귀를 모은다.

(1979)

127

풍설風雪 사나운 날 외할머니 같은 노친네 한 분
검정색 털모자에 헌 두루마기 차림
다리를 절며 조촘조촘 어디론지 가고 있다.
외갓집 추녀 밑에도 이 눈발은 설치리.

(1978. 1. 29)

128

겨울 햇볕은 떨어져 새로 움나는 참게 발가락
불그레한 게 옴질옴질 눈물겹다.
겨울 햇볕은 구덩이에서 갓 파낸 무우 새순
노리끼리한 게 고물고물 눈물겹다.

(1978. 11. 26)

129

달 떠올라 잠잠, 먹물 뿌린 대숲 그늘
대숲 그늘 속에 머리 곱게 빗은 초집
그 초집 안방에 수놓는 처녀 길슴한 눈썹 그늘
달빛은 마루 끝만큼 추녀 끝만큼만 왔다가 간다.

(1978. 11. 26)

130

나무 없는 마을에 참새들 추워서

해 설핏해지기만 하면 시나대 숲에 모여 햇빛을 쪼은다.

인적 드문 마을에 까치들 심심해

감나무 꼭대기 따다 만 홍시감을 쪼은다.

(1978. 11. 26)

131

대숲이 지키는 작은 마을 나 사는 마을

까치 내리는 저녁때 당신한테로

가기만 가면 된다, 새가 되든 돌멩이가 되든.

지는 햇빛에 쫓겨서 대숲의 새소리에 쫓겨서라도.

(1978. 12. 17)

132

어둠 깃든 대숲 위 떠오른 초저녁 별님,

따다가 나의 방 추녀 끝에 매달았으면.

바람 잔 솔숲 위에 뜨는 초저녁 달님,

모셔다 불 꺼진 누이 방문에 걸어 줬으면.

(1978. 12. 17)

133

키 큰 소나무 숲을 지나 시나대 숲을 지나

툇마루까지 찾아온 겨울 햇볕.

가만히 손목을 잡아보면 파아란 실핏줄.

손가락이 가늘다, 많이 울어서 붉어진 눈두덩.

(1978. 12. 17)

134

안개는 오막살이를 지우고 나무를 지우고

숲을 지우고 마지막 남은 산까지 지웠다.

새소리며 물소리도 지울 수 있을까? 안개는.

없는드키 내 마음까지 지울 수는 없을까?

(1979. 1. 5)

135

많은 걸 알지 않아도 부끄러움이 없고

여러 곳을 돌아보지 않아도 목마름이 없다면

얼마든지 고운 세상을 살 수 있는 일이다.

아무한테도 상처 받지 않고 비웃음 당하지 않고.

(1980. 1. 21)

136

친구 친상의 호상으로 상여를 따라 갔다가

야산 야트막한 소나무 밑에서 춘란 한 촉을 만났다.

옷 벗은 계집의 지체인 양 늘씬한 이파리, 겨울 푸새.

나어린 첩실妾室을 보는 사내런 듯 후끈 달아올랐다.

(1978. 2. 3)

137

처마 밑에 호박고지 마루 밑에 나막신

눈을 맞고 있네, 소리 없이 울고 있네.

행랑채에 버려둔 꽃가마 한 틀.

시렁 위에 외할머님 이야기책 김만중의 구운몽.

(1978. 1. 14)

138

부흥부흥 음흉한 저승사자 부엉이가 울던 밤,

부엉이 울음 소리 세다가 부엉이 따라 가신 외할아버지.

부엉이 우는 밤마다 이승으로 돌아오시곤 했던가,

외할머니네 꼬작집 생나무 울에 잠 못 들던 바람 소리.

(1978)

139
땅바닥에 알몸뚱이로 엎드려 떨고 떠느라고
입술도 떨어져 나가고 머리칼도 눈썹도 죄 뽑혀나간
냉이, 겨우 앙가슴만 앙상히 남은 냉이,
그건 또 하나 슬프디슬픈 우리 누이들의 분신.

(1977. 12. 3)

140
가을에는 산이 부자로 보이더니
겨울 들어 먹장구름의 하늘이 부자로 보인다.
산이여, 베잠뱅이 단벌로 겨울을 나는 산이여,
무릎 시린 우리의 형제가 되어다오.

(1977. 12. 1)

141
별을 헤다 지치면 낙엽을 덮고서 잔다.
배고프면 흰구름 보고 배부르면 찬 물소리 듣는다.
누가 훔쳐가리오? 가슴속 서말 서되 서홉의 소금.
아무에게도 나는 싸구려 에누리론 팔지 않겠다.

(1977. 12. 20)

142

난蘭, 보면 볼수록 좋아지는 사람.

난, 안으로 뜨겁고 겉으로 서느러운 사람.

난, 너를 기르기엔 내가 너무 봉두난발이구나.

네 옆에서 나는 춥고 기인 겨울 강물을 건넌다.

(1977. 2. 17)

143

장독대 옆 살구나무, 동치미 항아리,

겨우내 눈에 묻힌 용구새 마루.

아들이 오면 주마고 어머니가 담그셨지만

아들은 끝내 오질 않아 시어터진 동치미.

(1978. 1. 24)

144

씨받이 후처로 들어와 비럭질로 일가를 이루고

평생을 마늘밭만 매다 가신 할머니.

마늘쪽같이 야무딱스럽고 맵던 할머니.

지금도 우리집 마늘밭엔 할머님의 마늘들이 자라고 있다.

(1980. 1. 2)

145
부잣집 온실 다 놔두고 우리집
바람 불면 덜컹대는 창문 옆에 와서 사는 난초.
춥긴 해도 돈냄새 덜 나서 좋을라.
쓸쓸하긴 해도 비린내 덜 역겨워 속 편할라.

(1980. 1. 26)

146
봄이 멀지 않았다고 숨을 쉬라고
미루나무 삭정이 위에 까치 울음.
누가 누가 보았니? 쪽제비 봄비.
마늘밭 두엄 속으로 숨었다, 쪽제비 봄비.

(1980)

147
서울 가 식순이 갈보였던 계집들
살구꽃 되어 깝신깝신 복사꽃 되어 해족해족
봄이 되면 하늘한테 동정童貞을 바칠 것이다.
한번도 손 타보지 않은 엉뎅이며 젖퉁을 보여 줄 것이다.

(1979. 1. 18)

148
점점이 눈송이에 흐려지고서도 남는 산
휘휘 찬바람에 쓸리고서도 남는 잡목림
저녁상의 시래기 된장국이 구수해서 좋았다.
흥부네 마을의 밥짓는 연기. 누룽지 긁는 소리.
(1979. 1. 18)

149
눈이 내린 다음 연일 두고 때 없는 비가 내려
세상은 돌아앉은 부처님 한恨 먹은 아낙
한 잔 소주면 풀려 피가 돌을까.
뜨건 입맞춤이면 가슴 뛰놀아 입술 붉힐까.
(1979)

150
보리밭 매다 싫증 나면 허리도 쉴 겸
뽑아가지고 뿌리 쓰다듬으며 놀던 쇠비름풀.
'신랑방에 불 켜라 각시방에 불 켜라'
외우며 쓰다듬으면 조금씩 뿌리가 빨개지곤 했었지.
(1979)

151

똥구린내 두엄내로부터 봄은 오느니

똥구린내 두엄내로 하여 풀과 나무는 눈을 뜨느니

새로이 속살 차오르는 사춘기의 아이들아,

똥구린내 두엄내 모르거든 이 나라 백성이라 말하지 말라.

(1979. 1. 24)

152

이끼 슬은 종가宗家, 묵은 감나무 삭은다리.

노는 아이들 없고, 기왓골을 울리는 오작烏鵲떼.

봉황을 보지 못해 끝내

지네발이 달린 햇볕. 귀가 달린 능구렁이.

(1978. 12. 26)

153

상수리나무 숲에 차가운 봄비

까치 발가락이 젖고 삭정가지가 젖겠다.

봄이 왔다고는 하나 여전히

바람받이 까치둥지, 까치네 일가는 춥겠다.

(1980. 3. 22)

154

손이 시려 발끝 시려 실버들 눈 트러나,

실실이 풀어내리는 하늘 푸르름.

가늘은 회초리 사이로 어른거리는 눈물.

실버들 찬 봄비에 살이 떨려 새잎 나려나.

(1980. 3. 22)

155

지나는 사람들 발길에 밟히며 밟히며

나도 몰래 민들레꽃 피어났을라……

아이들 손톱에 뜯기며 뜯기면서도

주막집 흙담 밑, 찬 봄비가 선잠을 깨워.

(1980. 3. 22)

156

마을 노인들 토시 끼고 허리 꾸부정히

삼삼오오 찾아드는 사랑방.

쇠죽솥에 쇠죽은 익고 방바닥은 설설 끓고

구수한 쇠죽냄새 쇠똥냄새를 따라 오는 봄, 까치봄.

(1980. 3. 22)

157

구름 사이 터져 나온 겨울 햇볕이 따스한 줄

장독대 돌무데기 아래 제비꽃들만 옹기종기 알았느니.

홑겹옷의 소꿉놀이 아이들만 올망졸망 알았느니.

오들오들 떨면서, 복이라면 그것도 하나의 복이다.

(1979. 11. 29)

158

잘 사는 집 뜨락에 지난 겨울 죽은 태산목을 본다.

태산목이 귀한 나문지 모르거든 차라리

사다가 심지나 말 일이지 괜히 나무만 죽였군.

귀한 것은 돈으로도 살 수 없다는 걸 몰랐던 모양.

(1979. 12. 9)

159

햇빛은 보리밭에 내려 초록의 햇빛이 되고

목련꽃 위에선 순백의 햇빛이 되고

개나리 위에 내려선 샛노란 햇빛이 된다.

내 마음에 내린 햇빛은 무슨 빛깔일까?

(1979. 4. 9)

160

모처럼 난을 알아보는 사람 만났기에

오래 기르던 난을 분째 내어 주었다.

나이도 지긋한 그 사람 나보다 잘 기를 거야.

예쁜 딸 시집보낸 부모 마음이 이럴까 몰라.

(1979. 4. 13)

161

개나리 꽃대에 노랑불이 붙었다, 활활.

개나리 가늘은 꽃대를 타고 올라가면

아슬아슬 하늘 나라까지라도 올라가 볼 듯……

심청이와 흥부네가 사는 동네까지 올라가 볼 듯…….

(1980. 3)

162

봄이라고 보리 수탱이 같은 계집들도

사내보고 꼬리치고 암내를 풍긴다.

아무렴 그렇지, 못난 것이라고 바람조차 못 피우랴,

호박꽃도 꽃일 바엔 벌나비를 홀리는데…….

(1980. 3)

163
햇빛이 모이는 흙담 모퉁이, 제비꽃 열매를 따면서
'익은 것은 보리밥 설은 것은 싸알밥.'
누룽지 들고 나와 먹는 칙간 모퉁이, 기러기를 보면서
'앞에 가는 건 도둑놈 뒤에 가는 건 수운경.'
(1980. 3)

164
산이 보내오는 건 푸른 웃음 푸른 눈짓
팔할은 바람 소리 물소리요 이할은 침묵이다.
술잔 위에 떠오는 꽃잎, 꽃잎, 야윈 얼굴.
친구의 불운이 나를 산목련 되어 울게 한다.
(1979. 4. 9)

165
하루종일 누군가 물감 칠을 하고 있다.
쉬지 않고 지치지도 않는 그 사람, 어깨가 넓다.
복숭아 가지엔 분홍빛, 살구나무엔 초록빛,
봄은 하느님이 그림을 그리는 한 장의 도화지.
(1979. 4. 27)

166

새로 피는 꽃내음과 아기 비내음과

나무내음과 바람내음이 살을 섞은 이 봄공기는

무한히 충만해 있으면서 비어 있는 유마힐維摩詰의 공기.

해마다 네게 드리고픈 선물은 오직 이것뿐.

(1979. 4. 9)

167

어떤 아이가 복숭아를 사서 먹고 씨를 버렸나?

죽지 않고 용케 자라 꽃을 피운 개울가의 개복사꽃.

세상의 어떤 복숭아나무보다 더 예쁘고 당당하게

제 몸매를 물거울에 비춰 보며 뽐내고 있다.

(1980)

168

까치, 새집 짓고 알을 품는 어제 오늘

봄비, 밤새워 두루마리 연서를 쓰고

아침마다 대숲은 푸르름이 더했다.

입덧하는 새댁은 밥맛을 잃었다.

(1974. 1. 16)

169

너는 낯선 풀밭이 되어 내게로 왔다.

너는 골짜기 풀숲이 되어 수줍게 앉아 있었다.

네가 앉았다 간 자리에서는 풀꽃 냄새 두어 송이

한참 동안 흔들리다가 너를 따라 갔다.

(1980. 4)

170

가만히 방안에 들어앉아 있어도

나는 안다, 네가 지금쯤 수틀을 잡거나

물동이 이고 우물터로 나오고 있다는 것을.

내 생각하느라 숲길에서 서성이고 있다는 것을.

(1980. 4)

171

흘러가는 개울이기보다는

멍청히 앉아 있을 뿐인 한 채의 샘물이기를.

아무도 길어가 주지 않는다면 나는 어쩌나?

그렇다면 더더욱 가만히 고여 있을 뿐인 샘물이기를.

(1980. 4)

172

내가 너를 얼마나 좋아하는지 너는 몰라도 된다.

너를 좋아하는 마음은 오로지 나의 것이요,

나의 그리움은 나 혼자만의 것으로도 차고 넘치니까……

나는 이제 너 없이도 너를 좋아할 수 있다.

(1980. 10. 23)

173

우리는 얼굴도 모르면서 만나긴 만나리라.

나무 속이라든가 바위 속이라든가 물 속이라든가

차라리 나무가 되고 바위가 되고 물이 되어서

우리는 우리도 모르는 곳에서 만나긴 만나리라.

(1980. 4)

174

작년 봄엔 개나리가 근경이요 버들이 원경이더니

올 봄엔 개나리가 원경이요 버들이 근경이다.

바람이 그네 타는 개나리꽃 가지도 좋더니

바람이 빗질하는 버들가지도 싫지는 않아라.

(1980. 4)

175

언제 봐도 불아궁지만 입 벌리고 있는

빈 대장간이 한 채 거짓말처럼 거기 있었지.

우산도 우비도 없이 맨몸으로 맞아 주던 비,

대장간 추녀 밑에선 보리밭이 더 푸르게 보였지.

(1980. 5. 2)

176

우렁이 숨쉬고 미꾸라지 헤엄치는 둠벙배미* 안동네.

뉘집에서 콩을 볶는가, 보릴 볶는가,

비에 갇힌 연사흘 입이 궁금한 아이들 위해.

봄물 철렁 두엄 썩는 둠벙배미 안동네.

* 둠벙배미 : 둠벙이 있는 논.

(1980. 5. 2)

177

꽃들이 시집가고 나무들이 장가간다.

초록 저고리 분홍 치마 더러는 노랑 저고리,

대님은 옥색 대님 모본단模本緞 조끼 받쳐 입고

건들건들 조랑말 위에 초립 쓴 실버들 도령님.

(1980. 5. 2)

178

물 긷던 돌 틈새기 마늘 다듬던 토방귀
향내 스몄다, 웃음 벙글던 바람 끝.
어느 해 문둥병 걸려 사내 문둥이 따라간 처녀,
뒤뜨락 함박꽃같이 피어오르던 그 나이에.

(1980. 5. 2)

179

폭풍의 눈을 피해 적당히 비껴앉은 사람아,
진흙탕물 넘쳐나는 개울에 옛제비 돌아와 뜨고
어제까지만 해도 여기쯤 있었댔는데
바람 뒤에 숨었구나, 외눈박이 감밥나물꽃.

(1980. 5. 2)

180

늙은 굴참나무 무딘 껍질의 되창문* 열고
삐뚜룸, 밖을 내다보고 있는 울아기 조막손.
펼까 말까, 그 손 안에 감춰진 햇살.
쥘까 말까, 그 손 안에 황금빛 빗살무늬.

* 되창문 : 쪽문.

(1980. 5. 2)

181

돌이나 닦으며 닦으며 한평생 살다 갔으면.
네 뜨거움과 슬픔이 남긴 돌,
지금도 속으로 여전히 뜨겁고 슬픈 돌,
돌이나 품으며 품으며 한세상 숨겨 갔으면.

(1980. 5. 2)

182

봄 되면 산과 들과 골짜기는
꽃과 신록으로 호사를 하고
개구리 울음 소리로 귀까지 호사를 하고
가진 것 별로 없는 나도 봄 따라 호강을 한다.

(1980. 5. 2)

183

개울가에 난 풀도 임자가 있지요.
개울가에 뒹구는 돌멩이 하나, 물소리 한 소절,
하늘 나는 까치 울음 소리도 실은 임자가 있지요.
그러나, 꼭 가지시겠담 가지셔야지요.

(1980. 5. 2)

184

맑은 샘물 한 모금 마시러 십 리를 돌아서 가고
맑은 개울물에 손 씻으러 이십 리를 돌아서 가고
네 목소리 들으러 삼십 리를 돌아갔더니
보리밭 위에 황소만 여물을 씹고 있습데.

(1980. 5. 2)

185

오르막길을 걸어 굴참나무 숲길을 지나
까치집 아래 가던 발길 멈추어라.
버려진 소마* 바가지 하나 눈에 띄어서.
새우젓 도가지* 엎어 만든 굴뚝이 하나 거기 있어서.

* 소마 : 오줌, * 도가지 : 독.

(1980. 5. 2)

2부

별곡집

1

이렇게 찾아왔는데 줄 것이 없어서 어쩌나?
그렇지 않습니다, 저는 지금
익어가는 산과 들 그 위에 풀벌레 울음 소리
흐르는 바람까지 덤으로 받고 있는 걸요!

(1981. 9. 27)

2

해마다 가을 들판에 서면
보다 더 땀을 흘리지 못했던 여름을 뉘우친다
수수알로 고구마 덩이로
영글 수도 없는 마음이 부끄럽다.

(1981. 9. 27)

3

무덤을 지나 팽나무 그늘을 지나
나무 울타리 아래 닭 두서너 마리 꼬꼬
그 옆에 나를 기다리다 발이 젖은
저승 처녀, 가을 샘물아.

(1981. 9. 27)

4

네가 옆에 없는 날은

네 영혼이 더 깨끗해 보인다

하늘 위에 너의 손,

만지고 싶다.

(1981. 9. 27)

5

익어가는 감알을 보고 있노라면

슬픔은 참 맑고도 고운 것이란 생각이 든다

하기사 봄부터 여름까지 우리들의 불면과

기다림과 울음이 여기 와 영글었음에랴!

(1981. 9. 27)

6

은사시나무 꼭대기에 남은 햇빛이 빛난다

임종이 가까워진 흰구름이 달관의 눈을 뜬다

몇 사람의 여자, 눈썹 그늘에 숨겨진 웃음을 헤며

떠날 곳 없는 날더러 어디로 가라는 거냐?

(1981. 9. 27)

7

발밑에 낙엽이 뒹군다
발길에 밟혀 바스락 소리를 낸다
패스포드처럼 지니고 다니던 너에 대한 생각
올해도 버릴 때 되었나보다.

(1981. 9. 27)

8

칙간채 위에 줄기 삭은 호박덩이
네 가슴에 꼭지 여문 수박덩이
숟가락 가져와라 호박 속 긁자
젓가락 가져와라 장단을 치자.

(1981. 9. 27)

9

바위 아래 혼자 피어 웃고 있는 들국화는
어려서 좋아했던 계집애, 이름을 잊은
흘기는 눈꼬리가 이쁘기도 했니라
옛날에 옛날에 옛날에.

(1981. 9. 27)

10

들판 끝 채소밭

포기 차오르는 가을 배추들

아무도 모르게 모르게 속 차오른다

가슴이 벌어지는 날 누군가, 가마 타고 오리라.

(1981. 9. 27)

11

정낭각시 얼래야 꼴래야

보름달 떴다 버선발로 나와라

니 젖무덤 탱자나무 가시에 찔려

피를 흘려라 피를 흘려라.

(1981. 9. 27)

12

아침 해가 뜨니 하루의 시작이요

해가 죽으니 하루가 끝나도다

해 떨어질 때가 가까워 오니 나그네 발길 바쁘고

길바닥에 길게 누운 그림자, 참새떼 깝친다.

(1981. 9. 28)

13

만나서 누렸던 기쁨이 컸으매

헤어져 받을 슬픔의 몫이 또한 크도다

오르막길 있으면 내리막길 있음을 아느니

푸르던 이파리 병들어 떨어진다 슬퍼 말아라.

(1981. 9. 28)

14

나 쓸쓸한 때 쓸쓸해하지 말라고

찾아오는 사람, 그도 역시 쓸쓸한 사람

돌아가는 바람의 여윈 어깨여

떨어지는 낙엽의 마른 손이여.

(1981. 9. 28)

15

봄은 통통하고 좀은 향락적이고

잘도 깔깔대는 그 아이와 함께,

가을은 나이보다 훨씬 나이 들어 뵈는

좀은 깡마르고 우울한 숙녀형과 함께.

(1981. 9. 28)

16

지린내 난다, 반갑다,

불빛이 가까워졌는지……

꼭두머리 상투 풀고

패랭이 끈 상투 풀고.

(1981. 9. 28)

17

해 지고 길눈 어둡다

어디선지 이별가 소리 차라리 까마귀 울음

누군가 힘겹게 살다 힘겹게 돌아가나 보다

나뭇잎 소리 어지러운 곳 마음 따라 어지럽다.

(1981. 9. 29)

18

매일 보는 산이요 나무요 얼굴 스치는 안개라 쳐도

집에서 다투고 나와 볼 땐 생판 새롭다

벌써 손 시린 수풀에 주둥이 망가진 가을 매미 찌, 찌, 찌,

올해도 한 해 이렇게 보내나 보다.

(1981. 10. 1)

19

볕 바른 창틀에 말벌떼 닝닝거린다

풀 죽은 흰구름, 반짝이는 미루나무 맨꼭대기 잎사귀 하나

갇혀 우는 자의 하늘아,

집이 없기는 니들이나 내나 마찬가지.

(1981. 10. 1)

20

공일날 까까머리 중학생이 부는 트럼펫, 라라라라

이층 양옥집 유리창을 반짝이고 방파제를 지나서

바다 물빛 옷 벗고 해롱해롱 깃발을 스쳐서

루루루루, 세상에는 없는 그 애의 풀밭을 달려서.

(1981. 10. 1)

21

한 쌍의 나무 기러기를 받들고 갈까?

목구멍 따가운 백주白酒를 받들고 갈까?

내가 가진 모든 것을 바쳐서도 돌릴 수 없는 너의 결의,

가을은 벌써 저만큼 하이얀 상옷을 입었다.

(1981. 10. 2)

22

장곡사長谷寺에서 본 눈썹이 곱던 처녀 스님,
그 좋은 나이에 어찌 먹물옷으로 몸을 가렸을까?
어느 해 겨울, 눈이 많이 쌓인 날 오래비
찾아왔다 울면서 눈길을 돌아갔다 그랬다.

(1981. 10. 3)

23

바다로 기울은 길에 눈이 퀭한 햇빛이며 잡풀들
갈매기 울음 소금내에 화냥기 절은 바람떼
그것은 숫기 없는 소년이 그리던 항도港都 풍경
계집애들은 가슴이 두꺼워져 웃음이 더 헤펐다.

(1981. 10. 3)

24

도토리묵 한 모가 천 원이라 너무 억울해 마소
산골 물소리 들으며 산골 햇볕과 눈 맞춘 값이요,
바위 아래 나무 아래 다리 쉬임 하며 잠시
근심 놓은 값이라오, 에누리하지 말구려.

(1981. 10. 3)

25

돌담에 기대어 누군가 기다리리

끝내 오지 않는다 해도 좋으리

시든 뒤에도 떨어지지 않는 담쟁이덩굴 잎,

오지 않는다 해도 싫어지지 않는 그이기에.

(1981. 10. 3)

26

바라보기만 해도 스러질 눈빛이요

입김만 스쳐도 두 귀 빨개질 부끄럼인데

손인들 어찌 잡아 줄 수 있으며

어깬들 어찌 쓸어줄 수 있으랴.

(1981. 10. 3)

27

봄 여름 보내고 다시 가을

그럴싸하게 또 한 번 속았다는 느낌

한바탕 천연색의 꿈을 꾸었다는 생각

해마다 나는 하느님의 장난에 놀아나는 것인지?

(1981. 10. 3)

28

바위산에 바람 불고

떨기나무 숲에 여우비 오고

네 머리칼 날려서 내 마음도 날리고

해 떴다가 비 왔다가 호랑이 장가든다.

(1981. 10. 3)

29

오늘은 바람이며 구름이 이상했다

마른 땅에 몰려가는 낙엽을 혼자서 보며

아무러한 훈장이나 영광도 없이 사라져가는

그런 사람도 때로는 훌륭하다고 생각해 본다.

(1981. 10. 13)

30

아름다움과 가슴 뛰노는 즐거움과

요컨대 여름의 화려함과 그 감옥으로부터

이제사 풀려나와 떠나가는 아, 저 가을 구름

옷고름 치마고름 풀어헤치고 빛나는 맨살까지 풀어헤치고.

(1981. 10. 13)

31

한 번도 잡아본 일이 없기에 나는
네 손을 잡고 싶다
앞으로도 잡지 않을 손이기에 나는 네 손을
내 곁에 오래 두어두고 싶다.

(1981. 10. 13)

32

힘겹게 이룩한 업적을 떨쳐버리고
자성自省의 길목에 들어선 가을나무,
떨칠 것을 떨치고도 그대 무엇이 부족해
이토록 가슴 떨고 있는가, 저린 손발아.

(1981. 10. 13)

33

어느 날 갑자기 세상에는 얼음찬 겨울이 닥쳤고
우리들 가슴속엔 반짝 등불 하나 켜졌습니다
그 등불 오래오래 꺼지지 말기를……
그 등불 오래오래 꺼지지 말기를…….

(1981. 10. 14)

34

다 같이 하늘에서 내려오는 물이지만
비와 달리 눈은 우리를 마차에 태워
이상한 나라 그 오솔길로 꾀어 간다
늙고 병든 수말 한 마리 빈 수레 끌고 간다.

(1981. 11. 10)

35

눈 오는 날 이 조그만 찻집
따뜻한 난로 가에서 다시 만납시다
언제쯤 지켜질지 모르지만, 그 언약
언제쯤 잊혀질지 모르지만, 그 언약.

(1981. 11. 10)

36

꽃피는 것도 잎이 푸른 것도
결코 거저 공짜로 그리 되는 것 아니라오
누군가 천만 번 두 손 빌고 애태운 선의지善意志
목놓아 울고픈 슬픔이 모여 꽃과 잎인 거라오.

(1981. 11. 10)

37

수은등 아래 스카프로 귀만 가리고

나를 기다려 주던 사람, 장갑 벗고 가만히

차고 조그만 손을 쥐어주던 사람

지금은 없네, 내게 가까이 없네.

(1975)

38

별이 흐르듯 바람 멈추듯

느티나무 밑에 서서 하늘을 보며

흰구름에 그대 얼굴 새기다 눈물이 고여

나 여기 혼자 돌아감을 그대는 아실는지요…….

(1976)

39

주머니는 비었고 갈 길은 멀고 멀고

날 저문다 바람 분다 길나잽이 스거라

어딘들 우리 편히 쉴 지구 있으랴만

하루 저녁 무릎 꺾고 잘 곳조차 없을소냐!

(1981. 12. 7)

40

네가 숨쉬는 세상이기에 아직은

내게도 함부로 버릴 것이 못되고

먼지 속 바람 속에 꽃을 본다, 빛을 본다

세상은 나에게 조그만 그림책이냐? 노래책이냐?

(1981. 12. 9)

41

내 옷과 살에는 너의 때가 조금씩 묻어 있고

네 숨결 속에는 내 숨결이 조금씩 들어가 있다

내가 깨끗하다는 건 너도 깨끗하다는 말이고

네가 병들었다는 건 나도 병들었다는 말이다.

(1981. 12. 14)

42

겨울 오면 초목과 짐승들만 쉬는 게 아니라

아이들도 공부와 잔소리로부터 쉬고 싶어한다

그래 시골집과 외할머니와 동치미가

어떻게 서로 친해지는지 알아보고 싶어한다.

(1981. 12. 14)

43

너는 보다 많은 사람들의 애인이고

나는 또 다른 사람들의 애인이다

그러나 우리는 먼 길을 돌아서 때때로 만나리라

살별이 서러운 꼬리를 날리며 지구와 만나듯.

(1981. 12. 14)

44

먼저 떨어진 물방울 모여 호수 이루고

먼저 죽은 사람들 모여 묘지 이루니,

호수가 파문 지는 걸로 비가 옴을 알고

새 무덤 붉음을 보고 또 한 사람 돌아감을 안다.

(1981. 12. 14)

45

어쩌면 좋으랴, 우리 갈 길은 하늘 땅 끝에도 없으니

희고 찬 눈 속 깊이 뜨거운 가슴을 묻고

어둠에 묻혀가는 골짜기 두 개 얼음 기둥이나 되자

벼랑 위에서도 집 짓지 않는 밤새나 되자.

(1981. 11. 3)

46

집이 있던 그 자리 집이 헐리고
생각이 있던 그 자리 떠나고 나면
마늘밭이 되리니 보리밭이 되리니
아 어디 가서 찾으랴, 울먹이는 흙빛 속에.

(1981. 12. 31)

47

눈을 뜨고서 보이지 않는 얼굴
눈을 감고서야 비로소 보이는 얼굴
그렇다면 어느 것이 정말로의 얼굴일까?
하기사 살아 있다는 건 길고 긴 꿈인지 모르리.

(1981. 12. 31)

48

풀빛이로다, 얼음 이빨 겨울 한복판
겨우겨우 살아 숨쉬는 여린 푸성귀로다
꿈결 같은 한세상 꿈결같이 살다 가는 길
슬프고 외롭기는 했지만 고맙고 고마웠다고.

(1981. 12. 31)

49

아닌 겨울 어인 꾀꼬린가 유리병 속 버들친가
옛집이 그리웁고 옛정을 못 잊어도
솔가리불에 향 사르며 두 손 모아 비오니
이왕에 가실 그 길 어서어서 가소서, 편히 갑소서.

(1982. 1. 8)

50

내가 아직도 남몰래 너를 생각하고 있다는 것은
내게 아직도 죄가 빛나고 있다는 말이요
나의 시가 아직도 눈 감지 않았다는 말이요
나의 세계가 아직도 시들지 않았다는 뜻이다.

(1982. 1. 8)

51

하늘 허공에 던져진, 빛과 바람 속에 버려진
그대 순수 영혼, 아무 것으로도 흔들리지 않는
아무 것으로도 물들지 않는, 그대 절대 영혼
어둠으로도 죽음으로도 갈라놓을 수 없는.

(1982. 1. 8)

52

천천히 천천히 그 나라에 이르고 싶소
할 수만 있다면 노래를 들으며 빛을 보면서
천천히 천천히 어둠에 이르고 싶소
그리하여 아무 것도 남기지 않고 싶소.

(1982. 1. 8)

53

삽작눈 내리는 밤길을 혼자 걸었다
옷 벗은 나뭇가지가 하얀 입김이 어쩌면
그리도 정다우냐던 너를 생각하면서
너와 함께 눈을 맞고 싶다는 생각을 하면서.

(1982. 1. 8)

54

밤 사이 사람 몰래 짐승 몰래 눈이 내렸다
하늘 나라에 계시는 우리우리 하느님
하늘 나라가 이러하니라 펼쳐 보이셨지만
마음속 하늘 나라 모신 아이들만 그것을 알 뿐.

(1982. 2. 4)

53

삽작눈 내리는 밤길을 혼자 걸었다
옷 벗은 나뭇가지가 하얀 입김이 어쩌면
그리도 정다우냐던 너를 생각하면서
너와 함께 눈을 맞고 싶다는 생각을 하면서.

(1982. 2. 14)

56

세상이 흐른다고 생각하면 흐르는 것이요
멈춰 있다고 생각하면 멈춰 있는 것이리
가령, 우리가 물을 따라 흘러가는 낙엽이라면
우리는 그 자리에 멈춰 있는 것일 것이다.

(1982. 2. 14)

57

답답할 땐 파도 소리를 듣겠고
울고 싶을 땐 바다 물빛을 보겠지
동백꽃 붉은 입술 울음을 문 붉은 입술
외로울 땐 나무 아래 하늘을 우러르겠지.

(1982. 2. 14)

58

아름다운 날들은 꿈꾸듯 흘러가고
우리 앞에 자주자주 이별의 그림자 어른거린다
그래도 나는 눈물 글썽이며 감사하리니
네가 있었기에 아름다운 꿈도 내 것일 수 있었노라고.

(1982. 2. 14)

59

너 어디에 있든지 마음과 몸의 평화
네게서 떠나지 말기를 나는 비노라
간절히 머리 조아려 빌고 비노라
항상 기도 잊지 말고 고운 생각 버리지 말라.

(1982. 2. 14)

60

손님으로 잠깐 왔다가 가는 이 땅 위에서의 삶,
하루를 살더라도 영원으로 알고 살아가야지……
꽃과 나무와 풀들이 제 일생을 살다 가듯
나도 후회 없이 살다 갈 날을 생각해 본다.

(1982. 3. 4)

61

차거운 봄비가 부서져 마른 나무 숲에

줄기줄기 안개로 뿌려지는 것을 보고 있노라면

나도 한 그루 옷 벗은 나무, 숲길에 벌 받고 싶어진다

발이 시리고 팔이 저린 나무 되어 서 있고 싶어진다.

(1982. 3. 4)

62

자연은 언제나 천국의 잔치를 벌여놓고

우리더러 어서 오라 손짓해 부르지만

눈이 감긴 사람은 알지 못한다

천국은 마음속에 있고 축복은 눈 앞에 있는데.

(1982. 3. 4)

63

하루의 한나절을 산을 바라 서 있다가

나머지 한나절을 숲길에서 서성이리

그리하여 산과 함께 그림자 함께 날이 저물리

눈물 글썽이며 지는 해 가슴에 품고.

(1982. 3. 5)

64

몸져 앓아 누워 보니 외할머니 생각난다
나 앓으면 언제고 머리맡을 지켜주시던 분
지금 이승에 아니 계시니 더욱 생각난다
한 번인들 나는 그래보았던가 뉘우쳐진다.

(1982. 3. 24)

65

남이 가진 것에 반하기보다는 한 번쯤
제가 가진 것에 우선 반해 볼 일이다
남을 두려워하기보다는 한 번쯤
제 스스로를 우선 두려워해 볼 일이다.

(1982. 3. 30)

66

시간은 사람이 만든 하나의 허깨비
꽃이 피었다 지고 눈이 오는 것과
목숨 가진 것이 생겼다 사라지는 것도
실상은 없는 것을 우리가 잠시 빗보는 것이리.

(1982. 3. 30)

67

활짝 핀 목련꽃나무 아래 섰는 여인

그도 활짝 핀 목련꽃 한송이답다

왜 아니리, 더욱 향기론 그도 꽃송인데

다만 조금 더디게 지는 것이 다를 뿐이리.

(1982. 4. 1)

68

산은 때로 안개비에도 흐려지고

사람은 때로 슬픔에도 쓰러지나니

그러나 안개비 속에서 튼튼한 나무를 볼 것이요

슬픔 속에서 빛나는 보석을 그대 만질지니.

(1982. 4. 2)

69

사람은 누구나 죽을 나이가 되면 잔디가

정답고 가깝게 느껴진다 그런다

그러고 보면 죽음이 사람을 찾아오는 것이 아니라

사람이 죽음의 집을 찾아가는 것인지도 모를 일.

(1982. 4. 3)

70

한 시간을 천 년같이 천 년을 한 시간같이
버선발로 깨금발로 건너뛰고 건너뛰리라
호박꽃을 양귀비 보듯 양귀비를 호박꽃 보듯
눈을 감고 귀를 막고 뛰어갔다 뛰어오리라.

(1982. 4. 3)

71

수백 마디 말보다 단 한 줌의 웃음으로
수천 번의 악수보단 단 한 번의 웃음으로
너는 거기 있거라 그냥 숨어 있거라
말해줄 수도 없는 곳 알려줄 수도 없는 곳에.

(1982. 4. 3)

72

물오른 버드나무 실가지가
바람 불 때마다 허공에 회초리질한다
아파서 소리 없이 푸르러지는 하늘
먼 산의 진달래도 덩달아 붉어진다.

(1982. 4. 3)

73

저수지 물낯에 하늘 함께 비친 감나무
그 감나무에 거꾸로 매달려 익은 감알 두엇
만약 저것이 떨어진다면 떨어지는 곳은
하늘 속? 물 속? 나는 잠시 어리둥절.

(1982. 4. 3)

74

무엇을 남길 건가, 세상에 왔다 간 기념으로
아무 것도 아무 것도 남길 것이 없으리
그대 뜨건 숨결 하늘에게나 풀고
그대 붉은 한숨 꽃에게나 주거라.

(1982. 4. 3)

75

마음의 눈만 열면 그대는 이미
이 땅과 하늘과 바다의 주인
만약 그대, 꽃을 갖기 위해 꽃을 꺾었다면
그대 손아귀엔 죽은 꽃가지가 들렸을 뿐이리.

(1982. 4. 3)

76

팬지꽃이 피는 이른 봄날 호박꽃이 보고 싶다며
술잔 잡고 느닷없이 울먹이던 사람,
지금쯤 흙담장 호박꽃을 피우고 있겠네
술잔 들고 노래하며 눈물짓던 그 사람.

(1982. 4. 4)

77

모처럼 아파트에 사는 친구네 집에 들러
칫솔 대신 소금과 손가락으로 이를 닦으면서
이것도 외할머니 주신 문화적 유산이거니,
문득 돌아가신 외할머니 생각에 눈시울 붉히다.

(1982. 4. 4)

78

술을 잘 먹는 것도 하나의 능력이요
밤새워 화투 치는 것도 하나의 능력이요
상가에 가 밤샘하는 것도 커다란 적덕이리
나에겐 그런 능력, 그런 적덕 없기에.

(1982. 4. 4)

79

다방이나 술집에서 마음 놓고 술이나 차를
마신다는 건 이미 사람을 믿는 믿음의 행위이다
수없이 다른 입술이 닿고 닿았을 잔들에
믿음 없이 어찌 마음 놓고 내 입술을 갖다 대겠는가.

(1982. 4. 4)

80

향기와 꿀 대신 독을 품은 어여쁜 꽃은
보다 많은 벌과 나비를 홀려 죽게 하고
마음의 아름다움 없는 여자의 어여쁜 얼굴과 웃음은
보다 많은 사내들을 병들어 신음케 한다.

(1982. 4. 5)

81

차라리 보잘 것 없는 냉이풀꽃 질경이풀꽃이기를
꿈꾸고 다짐하며 바램하느니, 그들은
화려함 대신 향기로운 꿀을 가졌기 때문
있는 듯 없는 듯 비껴서 어울려 살기 때문.

(1982. 4. 5)

82

하루는 술에 절고 하루는 앓아 눕고
어쩌면 이 좋은 날씨 이렇게 다 보낼까
천국과 지옥의 사다리를 오르락내리락
어쩌면 이 좋은 날들 이렇게 다 써 먹을까.

(1982. 4. 5)

83

객지에 나와 외로우니 어쩌다 한 번
찾아뵙는 것이지요 자주 찾아 뵙겠나요
백원 받고 볼펜 한 자루를 내밀던 거지 사내
그 양심과 겸허와 선량이 부럽다.

(1982. 4. 5)

84

어린 딸년 안고 맨발을 만지는 버릇 있다
가끔은 그 맨발 쥐고 잠들기도 한다
앞으로 어려운 일만 해낼 그 맨발,
그러면서 대우도 못 받을 맨발이 안쓰러워서.

(1982. 4. 6)

85

꽃을 보러 갔다가 꽃한테 반해

꽃이 되어버린 사람, 나도 또한

그대 찾으러 갔다가 그대한테 반해

또 한 그루 꽃나무 되어 섰기로 한다.

(1975. 5)

86

반은 시에 취하고 반은 술에 취해서

내 이 봄날 살아 있는 일만 얼마나 고마우랴!

반은 햇빛에 취하고 반은 눈물에 취해서

가다간 보고 싶은 너 이러이 만날 수 있고.

(1982. 4. 6)

87

겨우내 죽었는가 싶다가도 봄 되면

꽃을 피우는 나무가 있다

새싹을 내미는 나무가 있다, 그러나

영영 잠에서 깨어나지 못하는 나무도 있다.

(1982. 4. 6)

88

서른세 살은 타락할 나이, 예수도 죽은 나이
아무렴, 처자식 있고 눈치와 잔꾀는 늘고
그런데 나는 그보다 훨씬 지난 서른일곱
버릴 수도 간직할 수도 없는 이 못난 모과덩이여.

(1982. 4. 6)

89

첫해에 기막히게 보이던 개나리꽃 덤불이
올해는 두렵게 가슴 섬뜩하게 보인다
아름다움도 지나치면 살의殺意로 변하는 것일까?
선의도 지나치면 오만으로 떨어지듯.

(1982. 4. 7)

90

운이 좋아 꿈을 꾸매 한세상 살고
운이 좋아 꿈을 깨매 또 한세상 살다
내 아주 꿈 속에서 돌아오지 않는 날,
나를 잃었다 너 서럽게 울겠네.

(1982. 4. 7)

91

산버찌나무 아래서 두 눈이 마주쳤다네

산버찌나무 아래서 두 손을 잡았었다네

지금은 어른 된 나무 옛날의 키 작은 아기 산버찌,

산버찌나무 아래서 우리는 울면서 헤어졌다네.

(1982. 4. 12)

92

개나리꽃 가지 꺾어 머리에 꽂고

종종걸음 따라 나서는 어린 딸년의 봄맞이

아무렴, 내게 무슨 봄맞이가 당한 일인가?

잔병치레로 눈 못 뜨는 이 눈부신 봄날 햇빛 속.

(1982. 6. 13)

93

벚꽃이 훌훌 옷을 벗고 있었다

나 오기 기다리다 지쳐서 끝내

그 눈부신 연분홍빛 웨딩드레스 벗어던지고

연초록빛 새 옷을 갈아입고 있었다.

(1982. 4. 20)

94

어린아이 병원에 입원시켜 놓고
돌아오며 돌아오며 울먹이는 마음아
줄창 콩밭으로 달려가는 꿩의 마음아
사람은 언제부터 맹목한 정에 살았던가…….

(1982. 4. 20)

95

가진 것 별로 없고 볼품 없는 사낼 망정
내 아들에겐 하늘 같은 믿음일라
아, 눈물나라 그 녀석 열에 들떠
못난 애비 불렀다누나, 헛소리를 했다누나.

(1982. 4. 20)

96

난리 나 식구 흩어진 사람 마음 조금은 알겠네
큰아이 병 나 저의 엄마와 병원에 있고
작은아이 할머니 딸려 시골 보내니
빈집에 나 혼자라, 다시 모여 살 날 기다려지네.

(1982. 4. 23)

97

어제는 병원에 가 큰아이 보고 울먹였는데
오늘은 작은아이 시골 보내며 울먹인다
잠시 떼놀 세 살배기 계집아이 안쓰러워
새 옷 사서 입히며 새 신발 사서 신기며.

(1982. 4. 23)

98

고향도 떠난 이에겐 타향이 된다
그 산봉우리에 일던 구름 들꽃 위에 불던 바람
모두들 잘 있는지 지금도 여전한지
손 흔들어 묻고 싶어라, 멀리서나마 안부를.

(1982. 4. 23)

99

일 년에 한 번만이라도 순례자 되어
고향의 들길을 거닐며 찬바람에 두 볼이
발갛게 얼고지고, 구둣발이 젖고지고,
일 년에 한 번만이라도 촛불 든 사람 되어.

(1982. 4. 23)

100

봄은 담장 밑에서 오고 꽃은 남쪽에서 피어 오는 것,
꽃이런가 구름인가 산정 위에 올라보면
군산 포구 뱅어잡이 배, 나빈 듯 떠나가고
마음 따라 날개 달던 그 봄날의 들놀이 꽃놀이여.

(1982. 4. 23)

101

미루나무 논두렁길 거꾸로 섰네
검정염소 밭두렁길 외따로 섰네
시절은 어찌 좋아 새잎 나고 부처님 오신 날
콧물 범벅 눈물 범벅 울며 돌아선 산천아.

(1982. 5. 5)

102

몰라보게 푸르러진 숲 속의 오솔길로
몰라보게 늙어버린 여자 하나 울며 간다
저 여자 어디가 그리 좋아 내 반했었던가?
하룻밤 사이 몇 주일 사이 혹은 몇 달 사이.

(1982. 4. 26)

103

등불 가네 등불 가네 신록 속에 등불 가네
까물까물 등불 하나 파촉으로 혼자 가네
우리 임은 애기 무당 꽃봉오리 애기 무당
한숨 쉬네 한숨 쉬네 초록 옷섶 들먹이며.

(1982. 4. 26)

104

올봄도 나는 살아 피는 꽃을 보았거니
꽃 지고 새로 돋는 초록불을 다시 보네
봄나무는 하느님이 켜놓으신 초록 촛불
꽃이 향기롭단들 신록을 어찌 따라 가리.

(1982. 4. 26)

105

네 몸에선 라일락꽃 내음이 난다, 보랏빛
네 입술에선 솔난초꽃 내음이 난다, 하늘빛
네 눈 속에서는 촛불이 타오른다, 황금빛
그러나 그것은 속임수, 어림없는 허방다리.

(1982. 4. 27)

106

내가 가진 것이 무에고 내게 없는 것이 무에랴
내 애당초 가진 거 별로 없었고
지금도 가진 거 별로 없음을 탓하지 않으니,
앞으로도 가진 거 별로 없어 후회는 없다.

(1982. 4. 27)

107

어찌 물이 있는 바다만 바다랴
나무숲에 바람 불면 나무숲도 바다가 된다
세상일에 마음 찢기고 고단한 발길들아
조용히 다가가 그대 마음 돛단배로 띄워라.

(1982. 4. 28)

108

하루 종일 싸다니다 지쳐서 돌아온 햇빛
새로 돋은 미루나무 새 잎새에 눈물 반짝거리면
내 마음도 거기 가 팔랑팔랑 팔랑팔랑
철없는 나무 잎새 되어 손 까불며 놀고파 한다.

(1982. 5. 2)

109

탱자나무 하얀 꽃내음이 지어놓은 초가집 한 채
오동나무 보라 꽃내음이 지어놓은 오막집 한 채
버선발로 나오시누나, 길쌈하던 외할머니
지금은 기차를 타고서도 찾아갈 수 없는 나라.

(1982. 5. 3)

110

내가 살아 숨쉼도 눈 깜짝할 사이요
네가 내 앞에서 웃고 있음도 눈 깜짝할 사인데
르노아르여 르노아르여 순간은 영원,
나는 지금 어느 별, 우주 공간을 가느냐?

(1982. 5. 5)

111

고향에 가 보았더니 솔바람 소리 여전히
나이도 먹지 않고 머리도 빠지지 않고 씽씽하더라
나만 나이 먹은 게 섭섭하여 돌아서려는데
괜찮아, 괜찮아, 발밑 제비꽃이 속삭여 주더라.

(1982. 5. 5)

112

헐어진 칙간 옆에 골담초 덤불
골담초 노란 꽃에 꿀 찾아온 호박벌 영감
아, 죽은 대수풀 아래 산당화, 총각귀신꽃
고향 마을엔 바람과 햇빛들만 모여 살고 있었다.

(1982. 5. 5)

113

오동꽃 보랏빛 떠는 하늘빛
오동꽃 보랏빛 조그만 초롱
멀리 있는 너를 두고 나 혼자서
오월 하루 더딘 날 나 혼자서.

(1982. 5. 8)

114

이 간지럽고 향기론 바람은
나무나무 온갖 나무 숲 속을 헤쳐온 바람
송이송이 온갖 꽃송이 꼭지를 만지고 온 바람
사슴사슴 온갖 개사슴 배꼽을 핥고 온 바람.

(1982. 5. 8)

115

차라리 꾀꼬리 와서 우는 상수리나무 되었을 걸
그러다가도 아니지, 사람으로 태어났기에
물도 보고 꽃도 보고 나무도 보는 게지
아니꼬운 소리 있지만 고운 소리 골라 듣는 게지.

(1982. 5. 8)

116

버들꽃눈 날리는 오월의 오후 한때
버들꽃눈 되어 개나리 봇짐 진 뜨내기 되어
세상에는 없는 임 찾아가고 싶어라
나뭇잎이 수놓은 작은 길을 따라서.

(1982. 5. 8)

117

누구의 가슴에 꽂힌 어버이날 꽃보다도
손수레 끌고 가는 중년의 잠바 위에 붉은 꽃
그 꽃이 우선적으로 아름답고 고와라
어버이 고맙습니다, 아들딸들이 달아줬으리.

(1982. 5. 8)

118

초여름, 네 벗은 가는 팔을 보고 싶어라
초여름, 네 벗은 종아리를 보고 싶어라
긴 겨울 옷 속에 감추었던 팔과 종아리
신록 푸른 바람 속에서 보고 싶어라.

(1982. 5. 11)

119

별처럼 꽃처럼 하늘에 달과 해처럼
아아, 바람에 흔들리는 조그만 나뭇잎처럼
곱게곱게 숨을 쉬며 고운 세상 살다가리니,
나는 너의 바람막이 팔을 벌려 예 섰으마.

(1982. 5. 12)

120

지구는 하나, 꽃도 하나,
너는 내가 피워낸 붉은 꽃 한 송이
푸른 지구 위에 피어난 꽃이 아름답다
바람 부는 지구 위에 네가 아름답다.

(1982. 5. 21)

121

여름방학 때 문득 찾아간 시골 초등학교
햇볕 따가운 운동장에 사람 그림자 없고
일직하는 여선생님의 풍금 소리
미루나무 이파리 되어 찰찰찰 하늘 오른다.

(1982. 5. 24)

122

후박나무 숲에 커다란 바람의 숨소리
후박나무 숲에 커다란 비의 발자욱 소리
오게나, 채송화의 그 짓거리 그만두고
여기 와 훨훨 학춤이라도 한 번 춰 보세나.

(1982. 5. 26)

123

개울가에 나와 빨래하는 처자
물에 떠내려오는 꽃송이 꽃송이 보고
나는 알지 이 꽃송이 누가 떠내려 보내는지
등 뒤에도 눈이 있나, 물을 보며 혼자서 웃네.

(1982. 5. 26)

124

뻐꾸기 한 마리 혼자 울다 마는 산골 한낮

할매야 흰옷 입고 재 넘어 장터 가고

아이 혼자 집을 보며 뻐꾸기 대신 울고 있다

끄름에 삭고 비바람에 삭은 추녀, 그 오두막.

(1982. 5. 27)

125

천만 번 곱하기의 울음산과 울음강이

한 그루 푸른 느티 되고 감나무 되었음을

이렇게 바라보고 있으려면 아느니

가슴 저리고 두 다리 떨려옴으로 아느니.

(1982. 5. 27)

126

꽃 피는 아침으로 새잎 나는 저녁으로

보고파라 보고파라 애터지는 마음 있어

어느 별에 가면 다시 만나질 수 있을까,

새꽃잎 새잎 속에 너 또한 울음을 참고 있고녀.

(1982. 5. 30)

127

마음을 비우라, 그대 가슴의 잔을 비우라
그리하면 새소리가 고일 것이요
그리하면 고운 꽃이 비칠 것이니
귀 있는 자 들을 것이요, 눈 있는 자 볼 것이로다.

(1982. 5. 27)

128

밥을 먹지 않으면 안 되는 목숨이 더럽구나
고기를 씹지 않으면 심심한 내 입이 더럽구나
나무들처럼, 저 아무렇게나 엎드린 풀잎들처럼
햇빛과 바람과 맹물만 마시고 살 수 없을지…….

(1982. 6. 4)

129

전쟁에서 병사가 간신히 살아오듯
어렵게 어렵게 하루의 삶으로부터 도망쳐온다
오늘도 하루, 내 목숨의 비늘 하나 떨어져 나갔다
오늘도 하루, 죽음의 나라와 한 발짝 가까워졌다.

(1982. 6. 4)

130

바람은 발도 없고 손도 없다

바람은 눈도 없고 코도 없다, 그러나

바람은 안 가는 데 없고 안 만지는 것 없고

보지 않는 것 없으며 세상의 모든 냄새를 안다.

(1982. 6. 6)

131

바람아, 너 내 대신 어여쁜 사람

고운 볼 드러난 팔과 다리 만지고 오너라

바람아, 너 나를 좋아하는 사람 대신 나에게

숨결을 몰아다 입김을 몰아다 입맞춰다오.

(1982. 6. 6)

132

비바람 설치는 날은 마음의 손과 발도 자라서

어렸을 적 골목, 철없이 떠돌던 마을로 간다

지금은 가도 만날 수 없는 사람들 만나고 온다

사라진 날들이여, 내가 사랑했던 사람들이여.

(1982. 6. 13)

133

눈을 쓸고 만들어놓은 외할머니 무덤
봄이 와 풀이라도 푸른지 가봐야겠네
아가 인제 오니? 다 자라서도 그러시던
외할머니 그 말씀 따라 풀들이 손을 흔들지 몰라.

(1982. 6. 14)

134

이게 마지막 길이다, 손자네 집에 올 때마다
되뇌이시던 외할머니, 듣기 싫어 핀잔했더니
마지막 길은 역시 마지막 길이 되셨구나
이승의 추수 삼아 우리집 감을 따시던 외할머니.

(1982. 6. 14)

135

우리집 손바닥만한 꽃밭에 물을 주면서
꽃을 무척 좋아하시던 외할머니 생각한다
내가 꽃을 좋아하는 것도 그 분에게서 배운 것이거니
지금은 없어진 내 어린 꽃밭, 그리워라.

(1982. 6. 23)

136
봉숭아여, 분꽃이여, 외할머니 설거지물 받아먹고
내 키보다 더 크게 자라던 풀꽃들이여
여름날 꽃밭 속에 나무 의자를 가져다 놓고
더위를 식히기도 했나니, 나도 한 꽃나무였나니…….

(1982. 6. 23)

137
산에 들에 풀섶에 비碑를 세우지 말고
네 가슴속 깊은 곳에 비를 세우라
산에 들에 네 뜰에 꽃을 심지를 말고
네 가슴속 깊은 곳에 꽃을 심으라.

(1982. 6. 16)

나태주 시집

막동리 소묘

발   행 2019년 9월 10일
지 은 이 나태주
펴 낸 이 반송림
편집디자인 김지호
펴 낸 곳 도서출판 지혜 • 계간시전문지 애지
기획위원 반경환 이형권 황정산
주   소 34624 대전광역시 동구 태전로 57, 2층 도서출판 지혜 (삼성동)
전   화 042-625-1140
팩   스 042-627-1140
전자우편 ejisarang@hanmail.net
애지카페 cafe.daum.net/ejiliterature

ISBN : 979-11-5728-363-7 03810
값 10,000원

ⓒ 표지사진 김녕만(사진작가)

나태주

나태주 시인은 1945년 충남 서천에서 출생하여 시초초등학교와 서천중학교를 거쳐 1963년 공주사범학교를 졸업했다(이후, 한국방송통신대학과 충남대학교 교육대학원 졸업). 1964년부터 2007년까지 43년간 초등학교 교단에서 일했으며 정년퇴임 시 황조근정훈장을 받았다.

1971년 《서울신문》 신춘문예로 등단하였고, 1973년 첫 시집 『대숲 아래서』를 출간한 뒤, 『마음이 살짝 기운다』까지 41권의 창작시집을 출간했다. 산문집으로는 『시골 사람 시골 선생님』, 『풀꽃과 놀다』, 『사랑은 언제나 서툴다』, 『날마다 이 세상 첫날처럼』, 『꿈꾸는 시인』, 『죽기 전에 시 한 편 쓰고 싶다』, 『좋다고 하니까 나도 좋다』 등 10여 권을 출간했고, 동화집 『외톨이』(윤문영 그림), 『교장선생님과 몽당연필』(이도경 그림), 시화집 『사랑하는 마음 내게 있어도』, 『너도 그렇다』, 『선물』(윤문영 그림), 『나태주 육필시화집』 등을 출간했다.

그밖에도 김혜식 사진과 함께 사진 시집 『풀꽃 향기 한 줌』, 『비단강을 건너다』 등을 출간했고, 선시집 『추억의 묶음』, 『멀리서 빈다』, 『지금도 네가 보고 싶다』, 『별처럼 꽃처럼』, 『사랑, 거짓말』, 『풀꽃』, 『꽃을 보듯 너를 본다』 등을 출간했다.

그동안 받은 상으로는 흙의문학상, 충남도문화상, 현대불교문학상, 박용래문학상, 시와시학상, 편운문학상, 한국시인협회상, 고운문화상, 정지용문학상, 공초문학상, 유심작품상, 난고문학상 등이 있으며 충남문인협회 회장, 충남시인협회 회장, 공주문인협회 회장, 공주녹색연합 초대회장, 한국시인협회 심의위원장, 공주문화원장 등을 역임했다.

지금은 공주에 풀꽃문학관을 설립·운영하고 있으며 풀꽃문학상, 해외풀꽃시인상, 공주문학상 등을 제정·시상하고 있다.

이메일 : tj4503@naver.com